AF308967

LES LOISIRS

DE

PIPE-EN-BOIS

SATIRES

EN VERS ET CONTRE PLUSIEURS

PAR J. FLEURY

Les gens de lettres. — Les spirites. — Le luxe des femmes. — Les directeurs. — La femme. — L'égoïste. — Les charlatans. — Le fat. — L'Odéon. — Les calomniateurs. — Les dentistes.

PARIS

IMPRIMERIE BALITOUT, QUESTROY ET Cᵉ,

7, RUE BAILLIF, ET RUE DE VALOIS, 18.

—

1866

LES LOISIRS

DE

PIPE-EN-BOIS

LES LOISIRS

DE

PIPE-EN-BOIS

SATIRES

EN VERS ET CONTRE PLUSIEURS

PAR J. FLEURY

> Les gens de lettres. — Les spirites. — Le luxe
> des femmes. — Les directeurs. — La femme.
> — L'égoïste. — Les charlatans. — Le fat. —
> L'Odéon. — Les calomniateurs. — Les den-
> tistes.

PARIS

IMPRIMERIE BALITOUT, QUESTROY ET Ce,
7, RUE BAILLIF, ET RUE DE VALOIS, 18.

1866

PROLOGUE

A MA MUSE !...

Quand le ciel m'a donné du goût pour la satire
Et que dix professeurs m'ont appris à écrire,
N'est-ce point trop longtemps, muse, me comprimer !
Ne pourrais-je à mon tour m'essayer à rimer ?
Assez de fois déjà, j'ai senti mes oreilles
Tinter aux roulements d'apocryphes merveilles ;
J'ai lu trop de canards et d'ineptes récits
Changés par la réclame en romans inédits,
J'ai connu trop de sots littérateurs postiches,
Escargots fraîchement sortis de leurs bourriches,
J'ai vu trop de faquins à faux-cols empesés,
Trop de cuistres criant leurs onguents composés,

Trop de sots charlatants, de sorciers, de spirites
Assommant les badauds de leurs aérolithes,
Pour laisser se mourir mon indignation
Sans essayer l'effet de quelque friction !
Une douce chaleur rend plus souple l'échine,
Dissipe les douleurs et colòre la mine ;
Je vais donc un instant, charretier du progrès,
User sur ces ânons ma mèche et mes fouets,
Caresser des rétifs les misérables côtes,
Aider les repentants à réparer leurs fautes !
N'allez-pas, vous, lecteur, en commentant ces vers,
Me croire un hypocondre, un cœur dur et pervers ;
Non, je sais que mes coups frapperont dans l'espace,
Les coupables verront leur voisin dans ma glace,
Et les plus irrités seront ces pauvres gens
Qui me sont inconnus ou bien indifférents ;
Vous les verrez, lecteurs, s'agiter dans leur linge
Et faire à mon endroit des grimaces de singe.
Je parle en général, connaissant peu d'auteurs,
Ceux qui crieront, alors, sont coupables, lecteurs !

SATIRE PREMIÈRE

LES GENS DE LETTRES

Poètes, écrivains, romanciers, philosophes,
Célèbres créateurs de romans ou de strophes,
Ne vous effrayez point en voyant des rotins,
Je ne veux fustiger ici que les crétins.
J'aime les vrais talents, et respecte mes maîtres ;
Pour moi tous les ingrats sont des sots ou des traîtres ;
Je concentre mes coups sur quelques bateleurs
Escrocs de l'or d'autrui, qui se disent auteurs,
Sots, qui font au Forum argent du bien des autres,
Se croyant du progrès les valeureux apôtres,
Et qui ne sont souvent que des larrons masqués
Vivant au jour le jour de trousseaux démarqués.

Parmi ces marmitons de la littérature,

Tel est mauvais plaisant, tel autre est faux, parjure,

Cet autre est un bouffon, sans esprit, sans valeur,

Jouant les Pupazzi, le soir, chez son traiteur.

Pour un qui raille bien, cent autres vont médire,

Calomnier souvent, ce qui me paraît pire.

L'esprit mauvais, Messieurs, cache un cœur corrompu,

Mais souvent il veut rompre et se trouve rompu,

Tel qui se croit plaisant, n'est qu'un polichinelle

Dont le faux bel esprit vient tirer la ficelle,

Et le mal à cela, c'est qu'il pleut des bouffons

Moins encor que de sots pour flatter leurs flonflons.

Les sots de tous les temps ont ri du ridicule,

Ils courent en avant où le sage recule,

S'extasient d'un discours, guindé colifichet,

Et frappent du battoir au plus rauque couplet,

C'est pour eux qu'on créa le langage gothique,

Le charabias d'Auvergne et le style érotique ;

Leurs magots sont pour moi des polipes rongeurs

Qu'on devrait extirper du cadre des auteurs,

Ce sont des sots doublés, le plus souvent des cancres,

Parasites de l'art, des lettres hideux chancres !...

Admirez ce pédant bourré de mots en us
Qui, d'un air patelin, chante des *oremus*,
On dirait l'inventeur de la sombre tristesse
Secouant ses pavots sur vous, jusqu'à l'ivresse,
Ses discours assommants sortent du laudanum
Et ses longs mots latins ont dormi dans l'opium! ..

Voyez, l'air ébahi, la trogne colorée,
Cet autre qui feuillette une mine explorée,
Une Encyclopédie aux volumes poudreux;
Il gagne à ce travail, par jour, un louis ou deux,
Le langage des morts est toujours en sa bouche
Pour un rien il vous cite et Marot et Latouche,
N'inventant rien de neuf, préconisant le vieux
A l'entendre on dirait les mânes des aïeux.

Voilà comme, en ce siècle, un lampion devient lustre,
Comme on fait un auteur d'un commis ou d'un rustre!

Tout baudet sachant lire, armé d'un rudiment,
Se pose en professeur et réussit souvent,
Bachelier chez Bacchus et docteur à Cythère
Il fait tout doucement son chemin et prospère,
Paraît aux yeux des sots un prodige d'esprit
Et trompe les lecteurs qui le croient érudit.
« Il vaut mieux, direz-vous, de vieilles étincelles
Qu'un ramassis niais de sottises nouvelles. »
Il en est qui le font, hélas ! impunément,
Peut-être pour s'apprendre à penser noblement.
Mais, enfin, ces gens-là sont de vils plagiaires
Qui devraient renvoyer les lecteurs aux libraires !...

Je n'ai rien dit encor, lecteurs, des polissons
Qui corrompent les mœurs au moyen des chansons;
Si du moins leurs couplets avaient quelque mérite,
Mais c'est du bavarois sur un air anamite.
Et ces beaux libertins amateurs de ballets,
Qui n'ont, pour le public, produit que des mollets,
Cornacs d'êtres humains, montreurs de chair humaine,
Ils ont, à ce métier, déshonoré la scène.

O peuple de Paris ! apprends donc à penser,
Compte un peu les gros sous qu'on t'a fait dépenser
Pour admirer ou lire un tas de platitudes
Dont tu fis si longtemps l'objet de tes études !

SATIRE DEUXIÈME

LES SPIRITES

A ce titre, ô lecteur ! je t'aperçois qui ris ;
Sans doute, comme moi, ton esprit a compris
Que spiritisme ou farce était même fariné
Qu'on servait aux badauds sous forme de tartine,
Et que ces sots mangeaient d'autant plus aisément
Que ce mets n'était rien qu'un ballon plein de vent.
Ah ! si maître Robin, dénichant l'artifice,
N'avait montré la clé de la boîte à malice
Les deux tiers des Français, Auvergnats y compris
Seraient peut-être fous à l'instant où j'écris !
Je ris, et cependant la chose est sérieuse,
Un rustre, un marmiton d'humeur un peu joyeuse

Se croyant, un beau jour, dupeur universel
Pourrait, impunément, sans esprit et sans sel,
Montrer, comme un soleil, le feu d'une lanterne,
Ou vendre, comme vin, le jus d'une citerne,
Vous croyant idiots, sans doute avec raison,
Puisque, pour l'admirer, vous hantez sa maison ;
Il viendra vous donner un soufflet sur la face
Disant que c'est l'esprit de Virgile ou d'Horace
Qui, des Champs-Élysées vous allongent la main,
Pour mieux sympathiser avec le genre humain.
Cet Horace, imbécile, est un hardi compère
Qui, si vous insistez, va vous donner la paire ;
La nuit les chats sont gris, les filous sont farceurs,
Et les sots sont toujours mauvais observateurs.
Et dire qu'à Paris on voit tourner les têtes
Comme autrefois nos plats, nos chapeaux, nos assiettes !

Le magnétisme a bien quelqu'excellent côté,
J'approuve le monsieur qui nous en a doté ;
Mais ce riche filon, exploité par la ruse,
Abrutit, sans espoir, le sot qui s'en amuse ;

1.

Il en est qui, pourtant, se disent incompris
Et croient, bien fermement, avoir vu les esprits.
Entends-tu, Charenton ? me comprends-tu, Bicêtre ?
Ces gens-là, d'ici peu, voudront tous te connaître ;
Ils ont mal à l'esprit et souffrent du cerveau,
Mettez la corde au puits et jetez-leur de l'eau !
L'un entend Cicéron, quai de la Conférence,
Lui donner le secret de la pure éloquence ;
L'autre a vu de ses yeux Démosthène ou Platon
Lui faire, en langue grecque, une docte leçon ;
Il a tout écouté, mais n'a pu rien entendre.
Pour ce fervent, le grec, c'est le diable à comprendre,
Il est bien désolé d'avoir, en son printemps,
Dédaigné son Burnouf et perdu tout son temps ;
Mais il espère encor demander à Voltaire
Ce qu'il ne peut apprendre en écoutant Homère.
Voltaire est un Français, poète bienfaisant,
Qui pour lui peut bien être un instant complaisant,
Lui dicter des sonnets, drames et tragédies,
De galants madrigaux, de belles comédies,
Et pourquoi pas encor des odes, des chansons,
Des romans inédits, d'illustres oraisons ?

E-prits frappeurs, mon Dieu, que vous me faites rire !
Esprits frappés, tant pis, de vous je vais médire.
Vous voyez trop d'esprits, pour en avoir assez ;
Si vous aviez au moins celui des temps passés !...
Entre amis, quêtez donc des pensées à Senèque,
A lui-même, et non pas à la Bibliothèque !...
Il en est, vous savez, très savants en bouquins,
Qui, s'habillant ainsi, font de beaux arlequins !

Sans les inconvénients, tout cela serait drôle,
Et je me garderais d'y mettre mon contrôle ;
Mais le peuple français, peuple noble et loyal,
Voyant toujours le bien où souvent est le mal,
Se laisse endoctriner par les premiers faussaires,
Qui font, à ses dépens, d'excellentes affaires.
Oh ! que ces charlatans, inventeurs de canards,
Doivent rire en dedans, de leurs succès bâtards.
Comme ils doivent railler, ces frères d'Amériqu',
Les Parisiens dévots qui vont dans leur boutique.

Sainte Blague, applaudis, là-bas, de ton comptoir,
Les sots adorateurs qui frappent du battoir !...
Et vous, ânes bâtés, pédants sans conscience,
Professeurs à brevet, mais non pas à science,
Qui, le livre à la main, voulez dogmatiser,
Avec les Davenport, venez fraterniser !...
Le monde a découvert le nœud de leurs ficelles
Et le bon sens public a mouché les chandelles ;
Vos tréteaux ont moisi sur les flots bleus des mers,
Le bois est vermoulu, frères, voici les vers !...

SATIRE TROISIÈME

LE LUXE DES FEMMES !

Je n'ai point lu, lecteurs, le discours de Dupin,
Et n'ai point en bijoux, valencienne ou crépin,
Fait, pour le sexe faible, une folle dépense.
Le malheur est public, j'en dis ce que j'en pense,
Et viens donner ma carte à ceux qu'il fait souffrir.
Ma voix est le seul bien que je puis leur offrir.
En ce siècle charmant de fer et d'antiquailles,
De vaisseaux cuirassés et de vieilles ferrailles,
On voit courir partout blindés conme un trois-mâts,
Des fagots féminins des plus nouveaux formats,
Du métal aux cheveux, aux poignets, aux oreilles,
Portant à l'infini le nombre des merveilles ;

On dirait les reliefs de quelques vieux portails
Hantant les boulevards, ou des épouvantails
Pour éloigner de nous la noire épidémie
Qui, naguère, habitait Paris en ennemie.
Si les bijoux nouveaux sont de moindre valeur,
S'ils sont plus lourds, plus laids, ils ont plus de longueur.
Et si ces faux brillants font loucher les vrais sages,
Ils flattent les regards des papillons volages
Plus charmés que surpris de cette invention
Qui fait des lieux publics une exposition
Où chacun, sans payer, peut admirer à l'aise
Ce grotesque étalage assis sur une chaise.
Voyez-vous s'avancer ce tricorne chapeau
Posé, coquettement, sur cette laide peau,
Cocotte retirée, amas de vieilles ruines ?
Elle aurait dû river un cercle à ses narines :
J'en ai vu de bien mieux danser le rigodon
Sur les tréteaux publics, ou tirer le cordon.
On découvre d'ici la couche de peinture
Qu'elle applique, espérant imiter la nature.
Plus loin, voyez venir les filles d'un huissier
Rayonnantes de cuivre et couvertes d'acier ;

L'auteur de ces fruits secs voit se fondre en toilette
Son maigre capital et sa pauvre recette ;
Mais il veut s'en défaire, ils sont déjà trop mûrs :
Beau cadeau qu'il va faire à ses gendres futurs !

Le luxe est aujourd'hui le fléau des familles,
Il attaque la mère aussi bien que les filles,
Chacun veut se parer, se couvrir de bijoux,
Au risque d'appauvrir son père ou son époux.
La bonne endimanchée a des airs de maîtresse ;
La bourgeoise envieuse imite la duchesse,
Et toujours en montant, chacun veut écl pser,
Au-dessus de son rang doucement s'exhausser :
L'argent fond dans les mains, mais les femmes s'entêtent,
Et messieurs les maris se taisent et s'en lettent.

Qui croyez-vous charmer, femme, en vous cuirassant,
Votre futur époux ou le premier passant ?
Qui croyez-vous qu'on aime, une femme ou sa mise ?
Vous voyez-vous plus laide en peignoir, en chemise ?

Croyez-vous qu'on adore un béret tapageur,

Un chapeau mousquetaire, un schako voltigeur ?

L'homme est plus positif, et, dans son plus doux rêve,

Il voit son idéal dans le costume d'Ève ;

L'imagination arrache, sans pitié,

Les faux colifichets de la pauvre moitié.

Alors, si les atours sont toute sa parure,

Si l'art a remplacé les dons de la nature,

L'amoureux, détrompé, s'excuse et disparaît

Sous un prétexte faux d'affaire ou d'intérêt.

O ! chef-d'œuvre de Dieu, toi qu'il a fait si belle,

Tu crois donc t'embellir, par un peu de dentelle,

Ajouter aux attraits que le ciel t'a donnés ?

Il doit jeter sur toi des regards étonnés

Et regretter les dons de sa bonté divine,

En voyant ce platras de rouge et de farine

Etincelant d'acier, couvert de faux cheveux

Comme une idole antique, un magot monstrueux.

Reviens-donc, jeune fille, à la simple parure,

Le simple est toujours beau, le simple est la nature !

Sais-tu ce qui perdit la femme en tous les temps ?

Ce qui causa toujours ses maux les plus cuisants ?

Eh bien, c'est l'impudique, autrefois appelée

Courtisane, étaïre, ou bacchante épaulée,

Plus connue aujourd'hui, de nos beaux cocodès,

Sous le nom de lorette, un nom qui fit florès

Et qui vient du quartier fréquenté par ces dames,

Où tant de papillons ont grillé dans les flammes.

La lorette est un bloc de granit habillé,

Un mannequin réclame, un marbre maquillé ;

Pour un louis, d'un regard la Vénus vous honore,

Pour cent, elle sourit, et pour mille, elle adore.

Mais n'allez pas flatter les roses de son teint,

La rose est éphémère et Madame déteint ;

Vous pourriez transposer, sur vous, son frais visage

Et découvrir les traits de la première image.

Vierge, n'imite pas ces voleuses de cœur,

Ces gaspilleuses d'or, ces femmes sans pudeur,

Froides comme un cristal tiré d'une glacière,

Ou bien comme le marbre au fond d'une carrière,

Peintes comme un plafond de Casino dansant,

Fausses comme un problème, aux mains d'un ignorant,

Lascives commé un bouc et comme lui puantes,
Salissant ce qui tombe entre leurs mains gluantes :
Voici le vrai portrait, quoique encore flatté,
Des cocottes du jour, ces reines de beauté.
Ces sylphes au teint de rose, aux dents, au cou d'albâtre,
En dedans c'est la fange et par dessus l'emplâtre :
La femme sans esprit, qui pense de travers,
Regarde innocemment la médaille à l'envers,
Croit or ce qui reluit, croit attrait ce qui brille,
Prend l'air pour la chanson, le musc pour la vanille,
Veut imiter d'abord leur flaflas tapageur,
Croyant de son mari, par là, gagner le cœur.
Mais, hélas ! tout cela, Madame, est l'apparence,
C'est un appât trompeur, le reste est la science ;
Pour de l'or, la cocotte est douce aux amoureux,
Son abord est charmant, sa gaieté rend heureux,
Elle est aimable et tendre, elle est folle et joyeuse,
Pour le *financier* n'est point capricieuse :
Elle sait, en un mot, cacher un cœur glacé
Sous les dehors brûlants d'un amour insensé.
Si pour vous faire aimer vous singez la lorette,
Que l'imitation, Madame, soit complète,

Et vous captiverez le cœur de votre époux.

Sachez sourire et plaire, et le mari, jaloux,

Cultivera bientôt votre aimable sourire,

Et laissera, pour vous, la pimpante étaïre.

Ce qui gâte toujours votre félicité,

C'est votre air sérieux, votre rigidité.

Vous voulez être aimée et ne voulez point plaire :

La froideur, à la longue, aigrit et désespère,

Et le mari trouvant de la glace au foyer,

Va quêter autre part un feu pour s'égayer.

SATIRE QUATRIÈME

LES DIRECTEURS

Boileau dit, quelque part, de ces meneurs de dames,
Orateurs plus friands des bombons que des âmes :
« Le premier massepain, exprès pour eux, se fit,
« Et le premier citron à Rouen fut confit. »
En effet, on en voit gouverner les ménages,
Y passer la soirée, en pieux commérages,
Accabler les enfants de morale et d'avis,
Commander à l'office ou servir de commis,
Se charger, en un mot, des soins les plus infimes,
Gronder à tous propos, pour des choses minimes,
Ordonner le menu des dîners d'apparat
Avec tout le savoir d'un palais délicat.

Ne croyez pas ces saints, à la mine vermeille,

Rigides contempteurs de la dive bouteille ;

Non... la raison leur dit que la sobriété

Permet aux saintes gens le vin pour la santé,

Et qu'en semblable cas, l'excès seul est nuisible

Entendez-vous?... l'excès... c'est dire l'impossible ;

Leur langue est un charbon et leur panse un tonneau,

Près d'eux les Polonais seraient des buveurs d'eau.

— Mon Père, un peu de vin?... une aile de poularde?...

Adolphe, approche-donc au Père la moutarde !

Jeanne, mon vieux bordeau, le Père ne boit pas ;

Je veux au moins qu'il fasse honneur à mon repas !...

Ainsi, par de doux soins, de fines chatteries,

Chez elles, des repas, chez eux, des sucreries,

Les dames récompensent le pieux directeur

Qui dirige leur âme et quelquefois leur cœur.

Heureux, si ces dévots, par leurs saints bavardages,

Ne troublent point la paix de tranquilles ménages,

En donnant des conseils souvent intéressés.

Le mari n'est plus rien ; les enfants, délaissés,

Reçoivent des valets l'instruction première.

Quand la mère, à l'église, essaye une prière,

Perd un temps précieux aux pieds d'un confesseur

Qui l'appelle : ma fille, ou mieux encor : ma sœur,

Et fait des madrigaux, en citant l'Évangile :

Rester à la maison serait bien plus utile ;

Veiller à son ménage est le premier devoir,

Et le confessionnal est un mondain parloir,

Où le diable, souvent, fait de bonnes affaires

Sous le masque attrayant de pimponnés vicaires.

Pour moi, le directeur est un luxe coûteux,

Qui ruine un pauvre époux et le rend malheureux.

En effet, la dévote est mondaine et coquette ;

Pour plaire au directeur, elle aime la toilette,

Dépense autant qu'une autre en dentelle, en chiffons,

A carrosse et laquais, élève des griffons ;

De plus, elle patronne un asile, une école,

Achète un reliquaire, un ciboire, une étole,

Envoie à son curé les primeurs du jardin,

Des boîtes de douceurs, du jambon, du raisin,

A mille attentions, mille soins angéliques

Pour ce digne pasteur aux mœurs évangéliques.

Mais là, pour le mari, n'est pas le plus grand mal,
Le malheur est, pour lui, dans le confessionnal,
Où vont se dévoiler les actes de sa vie,
Ce qu'il dit, ce qu'il fait, ce qu'il boit d'eau-de-vie ;
Ses récits les plus purs sont revus, commentés,
Le sens est détourné, les mots sont inventés.
Le bon prêtre s'indigne, il anathématise
Et lancé sur l'impie les foudres de l'Église :
De là vient la froideur, la dispute au foyer.
Le directeur accourt, semble s'apitoyer,
Admoneste monsieur, donne tort à madame,
Tout en semblant l'éteindre, il avive la flamme,
Se pose, dès l'abord, en pacificateur,
Devient indispensable et puis, dominateur.

. . . .

. . . .

On trouve de ces gens, ailleurs qu'au séminaire ;
Avocat, médecin, bourgeois, apothicaire,
Demandez-leur avis sur le plus simple objet,
Ils en donneront cent, sur tout autre sujet,

Surveilleront vos pas, traduiront vos pensées
Et vous compromettront, par leurs billevesées ;
Sans cesse à vos côtés, maugréant pour un rien,
Ils trouveront fort mal ce que vous trouvez bien :
Vos valets, diront-ils, sont sots et ridicules ;
Vos enfants trop bruyants, méritent des férules.
Ces gens là, voyez-vous, deviennent des tyrans,
Qui, gracieux d'abord, se montrent impudents.
Ce sont eux qui font choix de toutes vos parures,
Achètent vos bijoux, vos rubans, vos chaussures ;
Ils ont mille secrets pour soigner la santé,
Conserver la fraîcheur, embellir la beauté,
Et quand, après dix ans d'une triste manie,
Vous brisez les anneaux de cette tyrannie,
Les *factotum* alors possédant vos secrets,
Vous font payer bien cher, le droit d'être indiscrets !...

SATIRE CINQUIÈME

LA FEMME

Quand l'homme, en moraliste, a parcouru le monde,

Qu'il a vu ses beautés, ses plaisirs, sa faconde,

Étudié les mœurs, à la hutte, au salon,

Becqueté mille fleurs, en léger papillon ;

Il s'arrête, ébloui, fasciné, tout en nage,

Et de ses souvenirs, il lui reste... une image

Dont l'empreinte est gravée au fond de son esprit

Comme une enluminure au sein d'un manuscrit,

Cette image le suit comme une ombre fidèle,

L'absorbe dans le jour ; la nuit, fait sentinelle,

C'est un rêve charmant, c'est l'amour, l'idéal

Qui prend, en triomphant, son cœur pour piédestal

2.

C'est une haleine, un souffle, un doux regard de femm ;

Qui vient, on ne sait d'où, s'abattre sur notre âme,

La brûler de son feu, lui babiller l'amour,

C'est l'astre de la nuit, l'aurore d'un beau jour.

La femme, tendre objet de si nobles caresses,

Est un être multiple aux multiples caresses.

Voulez-vous avec moi, lecteur, étudier

Des types féminins le dessus du panier?

Voici d'abord venir Ina la grande dame,

En la voyant si noble, on oublie qu'elle est femme

Tant son port est divin, son air majestueux;

On se croit dans un temple, humble et respectueux,

Agitant l'encensoir devant une déesse;

Elle vient, vous sourit, et l'illusion cesse ;

Vous voyez qu'elle parle et s'adresse à chacun,

Répand aux alentours des senteurs de parfum.

Plus tard, vous revenez contempler votre idole

Pour vous, elle a toujours, au front, son auréole

Mais vous voyez la grâce unie à la beauté,

Et l'esprit et le cœur, à la simplicité.

Alors un fol amour succède à votre extase,

Votre cœur est blessé, votre langue est sans phrase.

Si le feu qui vous brûle est un feu partagé,
Très-bien ; c'est le succès de plaisirs mélangé
Sinon… fuyez, fuyez, c'est la mort, c'est l'abîme
Où le désespoir veille en guettant sa victime.
Hélas ! me direz-vous, elle a de si doux yeux !
La voir sans l'adorer n'est possible qu'aux Dieux.
C'est vrai… mais j'avertis, le reste est votre affaire,
Votre idole est galante, elle est belle et veut plaire ;
Ses regards, son esprit, tout vient la seconder ;
Elle sait émouvoir, plaire et persuader,
Son trait le plus léger vous fait une blessure,
Et quand vous gémissez, qu'elle voit, qu'elle est sûre
Que sa flèche a touché, transpercé votre cœur,
Elle jouit alors, elle attend en vainqueur.
Vous mourrez sans secours si vous êtes timide,
Et si, le dard en main, le regard, l'œil humide,
Vous venez à ses pieds déposer votre amour,
Elle peut vous donner du mépris en retour,
Se moquer de vos feux, bafouer votre audace
Et vous administrer un soufflet sur la face.
Vous voyez le danger ; prenez garde à l'écueil,
Le ciel est près du bord, l'enfer est sur le seuil.

Ah ! la femme a sur nous cet immense avantage
Qu'on ne peut deviner l'amour sur son visage ;
Ses mots les plus aimants ont toujours double sens,
Et son visage est froid quand s'embrasent nos sens ;
Si son cœur reste sourd à nos cris de tendresse
C'est la perte à jamais d'un rêve plein d'ivresse.
L'amour pur, incompris, vous dessèche le cœur,
On se traîne, on languit, sans espoir, sans bonheur.
Quelques-unes, lecteurs, chercheront votre amour,
Votre admiration, sans le moindre retour,
Mensonge ou trahison, tout moyen leur est propre ;
Un cœur blessé, toujours, flatte leur amour-propre ;
Elles font un jouet des naïfs humains,
Et plusieurs, avant vous, ont passés par leurs mains
Sans compter les millions qui grossiront le nombre
Des victimes d'hier qui sont déjà dans l'ombre.
Tout cela, pour nourrir un peu d'illusion ;
Être aimée est son but, changer sa passion ;
Son esprit est méchant, son cœur est insensible.
Fuyez cette Sirène au chant doux mais terrible ;
Elle attire, elle enchante, et fracasse aux rochers
L'imprudent voyageur et les mauvais nochers.

Hélène est moins méchante; elle est jeune et coquette,
Ne pense qu'à montrer l'effet de sa toilette;
Elle ira bien de ci, de là, papillonner,
Et dans les flots mouvants d'un bal tourbillonner,
Cueillir un compliment, parfois, un billet rose,
Accepter une fleur, un frais bouquet de rose.
Pour elle, tout lui plaît, les danseurs sont charmants,
Le bal est magnifique, et les airs sont dansants,
Voyez-là sautiller, légère et rayonnante,
Son air est tout joyeux et sa mise est charmante,
Chacun l'aime et l'adore; elle en rit de bonheur,
Et paye de gaieté son fol adorateur.
Et si parfois quelqu'un la gronde, c'est sa mère.
Sa toilette fait bien aussi peur à son père
Qui voit son capital se fondre en oripeaux,
En bijoux, en aciers, en forme de chapeaux;
Mais, tout lui va si bien, on la dit si gentille
Que le bonhomme, au fond, laisse faire sa fille.

SATIRE SIXIÈME

L'ÉGOÏSTE

Gustave est égoïste et ne vit que pour soi.
De l'univers entier il est maître, il est roi.
Autour de lui, pour contre, il veut que tout rayonn   :
Épouse, enfants, valets, tout est pour sa personne..
Chez lui tout doit se faire à son intention ;
On ne sert que ses mets de prédilection.
S'il a faim, ses valets doivent faire abstinence ;
Ces jours-là, l'appétit lui sert de conscience.
S'il est un peu malade, on jeûne à la maison ;
Il donne son catarrhe à chacun pour raison.
Voyez-le chez autrui se choisir à la table
La place la plus digne ou la plus confortable,

Coudoyer ses voisins, goûter à tous les plats,
Riant fort, buvant sec, mangeant avec fracas ;
Sa bouche toujours pleine envoie à sa voisine
Des débris mastiqués de sole ou de sardine,
Et ses doigts, tatoués de diverses couleurs,
Vont sonder chaque plat et goûter les primeurs ;
Il démembre, il déchire au goût de son palais,
Les mets que sur la table apportent les valets ;
Son appétit glouton et ses façons rustiques
Blessent les conviés, choquent les domestiques.
Qu'importe s'il jouit et s'il mange à sa faim,
C'est pour lui qu'il est là, se charmer est sa fin,
Et si quelque voisin, délicat et sensible,
Se montre à ses côtés grondeur ou susceptible,
Voulez-vous, pour si peu, qu'il perde un coup de dent ?
Lui !... Jamais !... Le voici qui sort un cure-dent,
Le passe avec amour en sa verte gencive,
Qui dégorge un sang noir mélangé de salive ;
Puis il glisse au salon, s'étend sur un fauteuil,
Pour digérer sans bruit les rôts et le chevreuil ;
Mais on parle, il se lève, interrompt et commence
Un discours plus nourri de plaints que d'éloquence.

Il raconte ses maux, dépeint ses rhumatismes,
Vous parle potions, emplâtres, gargarismes,
Et ne souffre jamais qu'on cite un malheureux
Plus à plaindre que lui, fût-il borgne ou lépreux.
Si vous êtes debout, il s'assied par prudence,
Sans se préoccuper de son inconvenance.
Au théâtre, au concert, en voiture, au sermon,
Il s'empare des coins, et, s'il est en wagon,
Il lui faut pour ses pieds, son corps et son bagage,
Plus de place qu'en prend un seigneur et son page.
A l'hôtel, il lui faut bon repas et bon lit;
Le plus léger retard excite son dépit;
Voyez-le commander ses valets et les vôtres,
Accaparer le bon sans prendre garde aux autres;
On dirait à le voir s'installer à l'hôtel,
Le seigneur du pays, le maître universel.
Pour s'éviter un rhume ou la moindre fatigue,
Son esprit est rempli de roueries et d'intrigue;
Il damnerait son père et tout le genre humain,
Pour avoir un beefteack ou bien un peu de pain.
Tel est l'homme jadis dépeint par Labruyère,
Et qu'aujourd'hui je peins de la même manière

L'égoïste toujours fut amoureux de soi,
N'admettant que ses goûts pour infaillible loi ;
On le trouve partout, dans la rue, au salon,
Emplissant l'omnibus, la gare et le wagon.

SATIRE SEPTIÈME

LES CHARLATANS

Avez-vous vu parfois, placardés dans les rues,
Le long des boulevards, et dans nos avenues,
Ces immenses pâtés de multiples couleurs,
Annonçant un remède à toutes les douleurs ?
Avez-vous, en flânant, rencontré sur les places,
Ces donneurs d'imprimés aux rutilantes faces
Qui vous chargent, *franco*, d'élégants prospectus
Annonçant le retour du docteur *Blagatus?*
Ce fameux médecin, de ses lointains voyages,
Au Sud, au Nord, à l'Est, en tous lieux, tous parages,
Apporte aux citoyens, de l'empire français,
Un onguent sans pareil qu'il vous vend au rabais;

Cette drogue, Messieurs, c'est l'onguent capillaire,

Qui peut rendre velu le nez d'un vieux notaire,

Faire pousser des poils sur un habit râpé,

Rendre lisse et soyeux un feutre retapé.

Est-ce tout ? Non, Messieurs, cet onguent balançoire

A votre volonté devient épilatoire :

Vous n'avez qu'à souffler trois fois sur le flacon,

Et soudain vous n'avez plus de barbe au menton.

Si votre unique enfant, par sa sotte paresse,

Menace d'attrister plus tard votre vieillesse,

Achetez de l'onguent, il détruira demain

Le poil que votre fils réchauffe dans sa main.

Et d'un !... Connu cela .. Je mets l'ours en ma poche.

Bien résolu... mais non... son confrère m'accroche

Et me donne un pendant non moins original.

En huit jours moins un quart, traitement radical

Des prurits de la peau sans Vénus ni Mercure.

Je garantis dix ans le remède et la cure.

La cure ! Qu'entend-il, la maison du curé ?

Le calembour est fin, le mot bien inspiré !

Passons... Encore un autre... Ah ! la *Revalescière*

Du Barry... trop connue... farine nourricière,

Purgatrice, astringente, agréable au palais,
Faite de petits pois par un farceur Anglais.
Ci-joints, certificats de cent mille malades
Tués sans médecins, ni lochs, ni limonades,
Leur testament fait foi de l'efficacité
De l'exprès qui leur fit gagner l'éternité.....
Ah peuple! peuple! peuple! écoute on t'empoisonne,
On te vole, on te gruge et je ne vois personne
Courir à ton secours, crier à l'assassin
Parce que le coupable est docteur médecin.
Le plus souvent, hélas ! un diplôme déguise
Un âne dangereux bridé par la bêtise,
Témoins ces guérisseurs de choléra morbus,
Qui prêchent cent secrets pour avoir du *quibus*.
Chacun fait sa recette, invente sa formule,
Et pour se distinguer écrit un opuscule.
Tam-tam que tout cela, roulement de tambour
Pour vous faire savoir qu'un âne a vu le jour.
On va jusqu'à prôner la poudre insecticide !
Sancte Burnichone, prends-nous sous ton égide,
Délivre-nous du mal de l'ami trop fervent
Qui te prend ta remise et vole notre argent !

Un philosophe, un jour, commentant notre histoire,
Disait, en digérant un antique grimoire,
Connaissez vous pourquoi les barbares du Nord
Ne cherchent plus chez nous le vivre et le confort ?
Vous l'ignorez ?... Eh bien moi je vais vous le dire
En toute conscience, et sans croire médire.
Jadis les médecins, savants, mais peu nombreux,
Droguaient moins de clients et le monde allait mieux :
Les nouveaux-nés grouillaient, les vieux étaient solides.
Vierges de tous venins, de tous poisons liquides,
Le trop plein pour ne point se nourrir d'échalas
Déversait, affamé, sur de plus doux climats.
Aujourd'hui le trop plein se trouve à l'officine
Où les marchands d'opiats composent leur cuisine.
A mon avis, lecteurs, cet homme avait raison,
Comptez tous les absents victimes du poison,
Vous direz comme moi, le mal qui nous obsède
Le seul vrai choléra morbus : c'est le remède.

. . . .

. . . .

Oh ! que j'aurais encore à dire à ce sujet ;

La matière est féconde et vaste mon projet.

Peut-être, quelque jour, d'humeur un peu railleuse,

Reviendrai-je saisir ma baguette d'yeuse

Et crever le tambour de quelque charlatan

Vendant pour du tannin de la poudre de tan,

Ou rappeler à l'ordre un vieil apothicaire

Donnant du foin séché pour de la saponaire.

Aujourd'hui je craindrais de lasser vos esprits

Par trop de vérité et de trop longs écrits.

SATIRE HUITIÈME

LE FAT

Arthur est un gandin parfumé d'eau de rose,
Un faux-col empesé retient son menton rose,
Il a des yeux d'azur, de longs cils d'un blond roux,
Des favoris carotte, aux poils soyeux et doux,
Son frac nouveauté, d'une coupe élégante,
Recouvre un gilet gris, à mine chatoyante.
Le tout campé d'aplomb, sur deux jarrets nankins,
Qui font ressembler l'homme à ces jolis pantins
Appendus aux carreaux des tailleurs de la halle
Pour charmer les oisifs de notre capitale.
Arthur est bien joli, lecteurs, mais il est fat;
Il se croit dans le monde autant qu'un potentat

Il se pense admiré presqu'autant qu'il s'admire.

A l'en croire, chacun le prend pour point de mire :

On imite son air, son geste et son débit,

La coupe de son frac, le drap de son habit ;

Il est dans les salons petillant de saillies

Et ses pointes d'esprit sont fort bien accueillies.

Écoutez ce qu'il dit d'un petit air vainqueur

A l'ami qu'il rencontre, hélas ! pour son malheur,

Toujours même récit, presque les mêmes phrases,

Contes bleus inventés, farcis d'antonomases :

Si tu savais, René, ce qu'il faut de vertu

Pour affronter l'amour, sans en être battu !...

Ce n'est partout, pour moi, qu'œillades assassines,

Que regards amoureux, que langoureuses mines,

C'est à qui, du beau sexe, aura mon pauvre cœur.

On m'assiége partout, partout je suis vainqueur.

Tu connais, cher ami, cette jeune baronne

Que tu voyais passer en carrosse l'automne

Avec ses deux poneys à la robe marron ?

Eh bien ! pour moi, mon cher, el'e a fui le baron ;

Son cœur est un volcan, son âme est un cratère,

Elle ne voit que moi, dans moi seul elle espère !...

Et cette miss anglaise, au teint mat, aux yeux bleus,

Que tu trouvais si belle avec ses blonds cheveux ?

Encore une amoureuse, encore une victime ;

Plus je suis froid pour elle et plus elle s'anime.

Oh ! peste de l'amour, je n'ai plus de repos ;

Il faudrait pour bien faire être toujours dispos.

Je ne dis rien d'Hélène, une aimable marquise

Qui m'aime à la folie et qui marche à ma guise.

Je pourrais t'en citer, comme çà, jusqu'à cent :

Henriette, Chloris, Madame du Croissant,

La danseuse Myrha, Camille et Babinette,

La charmante Adrienne et sa sœur Bichonnette,

Et tant d'autres, mon cher, que je n'ose nommer.

Enfin, j'ai plus de mets que j'en puis consommer.

Tu connais sir Robert, ce lord de l'Angeterre ?

Ne s'est-il pas permis de chasser sur ma terre ;

Lundi je lui donnai deux coups dans le flanc droit

Pour prouver qu'il était deux fois un maladroit.

Le duel est de l'amour le frère inséparable,

Et je vais t'annoncer une chose incroyable :

3.

Je suis toujours vainqueur, tous mes duels sont heureux.
Le dois-je à mon aplomb, à mon air belliqueux;
Est-ce l'effet d'un charme ou bien de mon adresse?
La cause est inconnue et l'effet m'intéresse.
Ah ! tu sais, l'autre jour, j'ai chassé mon valet?
Il buvait mes vins fins, le piltre... et me volait.
J'ai dû le remplacer par un nègre, un esclave
Que mon père, autrefois, acheta d'un margrave.
C'est un bon serviteur, dévoué comme un chien,
Quand il est près de moi je ne redoute rien !...
As-tu su la victoire, aux courses de Boulogne,
De mon poulain *Biscof?* Il avait, à Cologne,
A La Marche, à Marseille, emporté tous les prix.
C'est un trésor, mon cher, une bête de prix ;
Il m'a coûté, c'est vrai, deux billets de dix mille ;
Mais trouver son pareil me semble difficile.

Entendez-vous ce fat. C'est l'ennuyeux bourdon
Du turf de Paris, du cercle et du salon.
Parlant toujours de lui, n'écoutant point les autres,
Il ennuie en tous lieux ses amis et les vôtres.

Ses succès, ses amours, sont d'ignobles canards
Qu'il invente en courant le soir les boulevards.
Si jamais vous trouvez ce conteur d'aventure,
Dites-vous, c'est un fat, c'est moi qui vous l'assure.
Que j'en ai vus de fats, poètes mal appris,
Qui déclament partout leurs drames incompris !
Jugez-vous, disent-ils, un poème héroïque,
Chef-d'œuvre de talent et de verve tragique,
Un ours que j'ai léché dix mois sans respirer,
Ne buvant que du rhum, du thé, pour m'inspirer ?
Un ignare éditeur s'en moque et le refuse,
L'infâme trouve vert le doux fruit de ma muse,
Et pourtant je sens là, sous mon crâne brûlant,
Bouillir comme un volcan mon immense talent.
Mes vers, un jour compris, feront trembler le monde ;
Place à moi, vers de terre, Apollon me seconde !
En entendant les cris de cet infortuné,
Vous dites, c'est un fat, un fou qui nous est né,
Et pliant les jarrets, vous allongez les jambes
Pour ne pas écouter pleurnicher ses iambes.
Combien n'en voit-on pas de ces fats, à Paris,
Aux cheveux mal peignés, aux monstres favoris

Qui se croient du talent, de la verve et du style,
Pour avoir fait des vers par centaine ou par mille,
Ébauché des romans langoureux et malsains,
Barbouillé du papier de rôles ou sous-seings ?

SATIRE NEUVIÈME

LA BIGOTE

Il est bon de vous dire, au début du sujet,
Quel est, bien chers lecteurs, en ces vers mon objet :
Je suis un vrai croyant des dogmes catholiques,
Et j'admire, en mon cœur, les mœurs apostoliques,
Mais, quand je vois partout le mensonge éhonté
Prendre les airs sentis de la virginité,
Quand je vois le bigot plein de concupiscence
Se griser en chantant des airs de pénitence,
La vierge cordon bleu, s'arrondir une dot,
En trompant sur le poids du bœuf et du gigot.
Acheter les rebuts du fromage et du beurre,
Et gagner plus que moi en l'espace d'une heure.

Avoir mansarde en ville et nourrir un pompier
Avec les entrechats de l'anse du panier,
Manger les fins morceaux, et vous servir à table
Ce qu'elle aime le moins et le moins confortable ;
Par intérêt pour Dieu ! baptiser votre vin,
Après l'avoir d'abord purgé d'un verre plein,
Mon système nerveux s'agace de colère ;
Je sens bouillir en moi mon sang comme un cratère,
Et mon fouet s'anime à l'indignation
Qu'excite ce chaudron de la dévotion.
Voyez-vous cette Agnès à la rose pommette,
Aux yeux toujours baissés, à la mise proprette ;
C'est la perle du lieu, c'est l'ange campagnard,
La vierge du pays, le poêlon montagnard ;
Elle a l'air si pudique, on la dirait si sage !
Quel idéal charmant de femme de ménage !
Gros-Jean perd l'apétit, Petit-Pierre est sans voix,
Ils la nomment tous deux la fleur des petits pois
Et font, pour son amour, des soupirs de tempête ;
Leur cœur est un volcan ; mais le gars est si bête !
Il juge le dedans par un dehors trompeur,
Et ne voit que trop tard sa déplorable erreur.

Cette vierge, qui semble à vos yeux si parfaite,

Est d'esprit et de corps en dessous contrefaite ;

Sa langue est un moulin qui tourne à tous les vents,

Broyant, avec le grain, l'ivraie en tous les temps ;

Pourtant la douce Agnès a place au sanctuaire,

Elle chante au lutrin, s'amuse au presbytère,

Avec le bon curé se distrait aux lotos,

Joue au wisth, au piquet, parfois aux dominos,

Et passe saintement de paisibles soirées

Entre un joli vicaire et des choses sacrées.

Que disent-il, grand Dieu ! parlent-ils du beau temps,

Des lustres de l'autel ou des fleurs du printemps ?

Je ne sais. Cependant je crois que, sans médire,

Des gens si bien famés, qui n'ont rien à se dire,

Ne vont pas s'accoler, trois heures chaque soir,

Dans l'unique dessein de faire son devoir.

Hélas ! que de valets, de prudes cuisinières

Ont pris chez des curés leurs pudiques manières,

Disent des *oremus,* font des signes de croix

En volant votre vin et vendant votre bois.

Si quelque jour, pressé, vous sonnez la soubrette,

Mademoiselle a dû sortir pour une emplette,

Aller à quelque messe ou bénédiction,

Dire un *De Profundis* à votre intention.

Fuyez, chassez ces gens à la lèvre câline :

Ils flattent par devant, vous font charmante mine,

Et courent publier vos secrets d'intérieur ;

Vous sermonant parfois pour vous rendre meilleur.

Au loin vomissez-moi ces langues de vipère,

Leur fiel est empesté, leur regard délétère ;

Pourchassez ces *agnus* à coups de goupillon,

Tout ira mieux pour vous : la bourse et le bouillon.

SATIRE DIXIÈME

L'ODÉON

D'où vient que l'Odéon, depuis maintes années,

S'assoupit en pleurant ses tristes destinées?

D'où vient que ses acteurs à quelques hommes près,

Au lieu de frais lauriers ne cueillent que cyprès,

Et que dame Thalie aboie au lieu de rire ;

Qu'Euterpe chante faux et Melpomène expire ?

D'où vient que Terpsycore a des pieds d'éléphants,

Que la claque applaudit en nous montrant les dents,

Que l'acteur étonné de tant de places vides

Ne voit d'admirateurs que les cariatides ?

D'ou vient, d'où vient encor que toute nullité

Arrive au pas de course à la célébrité,

Quand le talent végète au gré d'un autocrate,

Qui, sous son habit noir, nous cache un acrobate,

Un fourbe, qui ne tient les serments qu'il a faits

Que quand il voit de l'or caché sous les succès !

Malheur au débutant qu'un feu sacré consume ;

C'est en vain qu'il demande à dîner à sa plume ;

Pour percer dans la foule il attendra vingt ans

Sans pouvoir précéder d'un pas mille intrigants,

Qui n'ont que le talent d'avoir flatté Madame,

Doté Mademoiselle en la prenant pour femme.

Ces titres, je l'avoue, ont droit à quelque égard.

Mais... si le gendre a tout, que reste-t-il à l'art !...

Pourquoi donc Spartacus vient-il ouvrir la porte,

Quand on corne des toits que Melpomène est morte !

Des vers !... vous dira-t-on, c'est du galimatias.

Vous vous nommez ? — Denis ! — Vos vers ne me vont pas.

— Mais, Monsieur ! — On m'attend. — Vous ne pouvez m'exclure

Sans avoir de cette œuvre écouté la lecture !

— Fadaise que cela !... Sachez qu'un directeur

Sait lire dans les yeux le talent d'un auteur.

Moi, du moins, je le sais. — Alors mes yeux vous disent ?

—Que ce drame est mauvais !—Monsieur, vos yeux médisent.

Croyez... Je suis concierge et vous vient de la part

De Monsieur vôtre gendre !...—Ah ! diable ! Il fait si tard

Qu'on n'y voit plus. Pardon, *Spartacus,* un chef-d'œuvre

Que je monte à grands frais ; Corneille n'a pas d'œuvre

Pareille à celle-ci ! C'est bien, bonsoir Denis ;

Là-haut tous mes acteurs sont déjà réunis,

J'y cours.—Bonsoir, Monsieur ! —Qui vient là me distraire ?

Je souffre horriblement et vais me faire extraire

Une dent. . — Je venais, Monsieur, pour mon débul.

— La douleur est, Madame, un douloureux tribut

Qu'on paye à la nature!... — Il s'agit d'autre chose.

— Ah ! oui. C'est justement cela qui m'indispose,

Et partant ce début ne saurait avoir lieu.

— Mais vos serments?—Eh bien ! je m'en moque pardieu !

— Permettez, directeur! J'ai de vous une lettre

Qui, devant le parquet, pourra vous compromettre.

— Erreur, un sot public vous donnait du talent ;

Je l'ai cru, mais c'était un mensonge évident,

La médiocrité se lit sur votre mine.

— Bah! vous lisez cela, — Parbleu ! je le devine.

Puis, écoutez encor, vous n'avez pas de voix !
— Pas de voix ! — Elle est fausse et criarde parfois.
— Vous plaisantez? — Du tout, la chose est manifeste.
— Mais c'est une infamie ! — Eh ! qu'importe !. . Du reste
J'ai trouvé dans Chloris la femme qu'il me faut :
Elle est jeune et fort riche ! — Ah ! je vois mon défaut.
Au lieu de vous payer, je demande un salaire.
Pardonnez, j'ignorais à qui j'avais affaire.
Mais aujourd'hui, Monsieur, je ne puis vous donner ;
Au jour de la justice il faut vous ajourner !...

Avez-vous jamais vu semblable ridicule?
Ah! si Boileau vivait, que de coups de férule.
La gloire est tarifée et le succès se vend.
La faveur veut monter, le mérite descend.
Si l'on entend Corneille et Racine au théâtre,
C'est que l'or a forcé le dogue opiniâtre.
Nous porterions le deuil de *Phèdre* et de *Cinna*
Sans les cent mille francs qu'on donne à.....

SATIRE ONZIÈME

LES CALOMNIATEURS

O vous! qui vous flattez d'arriver à la gloire !
De léguer à vos fils une illustre mémoire !
Ne voyez-vous donc pas, caché sous les lauriers,
Le serpent dont le dard piqua vos devanciers ?
Le monstre vous attend, vous observe et vous guette.
Dès votre premier pas, glissant de sa cachette,
Il versera sur vous le venin qu'il produit,
Et de votre avenir empestera le fruit.
Les amis qui flattaient votre aurore naissante
Vous voyant abattu, seront pris d'épouvante ;
Ils ont des flots d'encens pour le triomphateur,
Des lauriers pour César, l'oubli pour le malheur.

Vous serez seul, tout seul, pour calmer vos alarmes.
Sur le tombeau d'un mort bien peu versent des larmes.
Du mensonge éhonté, voilà le résultat.
La gloire du méchant, son succès sans combat,
Ce n'est, en commençant, qu'un mot insaisissable,
Un fœtus, un atôme, un petit grain de sable
Qui s'en va grossissant à chaque bond qu'il fait :
Geste, il devient péché, faute, crime et forfait ;
C'est un point dans le ciel qui devient un nuage,
Un ouragan terrible, une trombe, un orage,
Un ruisseau qui murmure, et se gonfle, et bondit,
Et bientôt un torrent qui menace et rugit.
Ainsi la calomnie à nos yeux se dévoile,
Et j'ai vu sous ses coups tomber plus d'une étoile.
Un sot lance en passant de grossiers calembours
Qui sont bientôt redits dans tous les carrefours,
Et de légers propos saisis par la malice,
Du plus lâche attentat le rendent le complice ;
Ses quolibets, d'abord, sont mal interprétés,
Les méchants font valoir les mots qu'il a prêtés ;
Et pour mieux expliquer un mot à double entente
Ils font accusatrice une phrase innocente ;

Leurs sermons aigre-doux semés par leurs agents
Montrent d'abord l'oreille, et les griffes, et les dents,
Et le fiel empesté de quelques misérables
Cause, en un seul instant, des maux irréparables.
Encor si ces démons se montraient au grand jour
Un mot, au pilori, les clouerait sans retour.
Mais ils sont à vos pieds, coassant dans la bouc
Où l'immonde bourbier même les désavoue.
Si Paul a des défauts, ils s'en vont grossissant
Dans la bouche du fourbe ou bien du médisant ;
Si tel autre est aimé pour sa haute sagesse,
Son voisin taxera son esprit de faiblesse :
« Il est, vous dira-t-il, plus bête que méchant,
C'est un homme, à coup sûr, tout-à-fait innocent. »
Ce mensonge odieux, triste fruit de l'envie,
Arrête un honnête homme au début de la vie.
Ainsi de vos défauts et de vos qualités
Le méchant sait tirer des poisons empestés ;
Sa langue, autour de vous, souvent creuse un abîme
Qui ne laisse à vos yeux que la mort ou le crime ;
Abîme infranchissable où beaucoup ont tombé ;
Sous le coup de la mort beaucoup ont succombé ;

D'autres, par désespoir, ont franchi la barrière
En laissant leur honneur enfoui dans l'ornière.
Ah ! s'il m'était permis de citer quelques faits,
J'aurais à raconter bien d'horribles forfaits !
Que de grands honorés ! que de hauts dignitaires !
Ont, avec du poison, fait mousser leurs affaires !
Combien sur des débris ont assis leur pouvoir
Pour avoir à propos agité l'encensoir !
Tout crime disparaît sous la douce fumée
Qui s'échappe à longs flots d'une bouche embaumée.
Les grands comme les rois adorent les flatteurs
Les accablent de biens, de places et d'honneurs,
Mais l'humble qui, pour eux, jour et nuit se consume,
N'obtient de leur faveur que le fiel ou l'écume.

SATIRE DOUZIÈME

LES DENTISTES

Je souffre d'une dent, lecteurs, place au dentiste.

J'ai deux mots bien sentis à dire à cet artiste

Que j'ai connu partout, vu dans tous les pays,

Au grand étonnement des badauds ébahis.

Monté sur des tréteaux, brodé sur les coutures,

Tout couvert de galons, d'oripeaux, de tenture;

Il décline son nom d'une éclatante voix.

« Messieurs, après vingt ans de voyages dans l'Inde,

« Chez les colons velus de la reine Clorinde,

« Au pays des Hurons, chez les fiers Iroquois,

4

« En Égypte, au Maroc, chez les Cochinchinois ;

« Après avoir vingt ans, cultivé la science,

« Je viens donner le fruit de mon expérience.

« Preuve de mon talent, mille certificats

« Attestent de mon art les brillants résultats.

« Oui, Messieurs, j'ai guerri des rois, des souveraines,

« Et je compte les ducs, les princes par centaines.

« Et pour moi, que faut-il, pour extraire une dent ?

« Une allumette, un rien, un paquet de chiendent.

« Apportez une épingle ou le fourreau d'un sabre,

« Et soudain vous verrez se détacher la dent

« Sans la moindre douleur, sans le moindre accident.

« Il me souvient encor, Messieurs, qu'en Angleterre

« J'employai, dans un bourg, une pomme de terre,

« Dans le palais des rois, et chez les potentats,

« On payait mon talent des milliers de ducats ;

« Mais ici, pour l'honneur, je me fais abordable

« Au plus humble bourgeois, au pauvre, au misérable,

« Ce n'est plus à dix louis, à vingt francs, à cent sous

« Que je vais opérer, non.. . Je ferai pour vous

« Ce que je n'ai point fait aux bourgs les plus infimes,

« Montez, montez, Messieurs, ce n'est que dix centimes.

« Sonnez, fifre et trompette, allons, battez tambour.

« Montez, montez, Messieurs, je n'opère qu'un jour. »

Vous avez vu, lecteurs, sur nos places publiques

Ces charlatans cuivrés, aux discours emphatiques,

Ils sont connus de tous, partant, moins dangereux

Que ces ânes bâtés, aux écussons pompeux,

Qui tapissent nos murs de brillantes mâchoires

Bien faites pour duper les badauds de nos foires.

Voyez-les s'abaisser, remonter, se mouvoir,

Disant du possesseur l'adresse et le savoir.

Hélas ! rions, lecteurs, toute la mécanique

Est l'œuvre d'un savant de France ou d'Amérique.

Ce dentiste farceur serait bien impuissant

S'il se voyait contraint d'en fabriquer autant.

Il achète tout fait les produits qu'il vous donne,

Fait l'opération, soit mauvaise ou soit bonne,

Sans se préoccuper d'un autre résultat

Que celui qui va mettre un gigot dans son plat,

Se fiant pour le reste, au hasard, ce bon maître.

Mais, hélas ! le hasard bien souvent est un traître

Qui rit à ses dépens et fait de mauvais tours

Dont le pauvre client souffre presque toujours.

Quand vous verrez, lecteurs, ces brillantes réclames,

Et mouvoir en passant ces mâchoires infâmes,

Dites-vous, à coup sûr, cet homme est charlatan,

Il veut nous allécher et voler notre argent.

Voilà, voilà, lecteurs, ceux qui font du dentiste.

Un homme méprisable ; au lieu d'un noble artiste,

D'un honnête savant, un pître, un arlequin,

Un menteur impudent, un horrible coquin.

TIMOTHÉE TRIMM

L'orateur inspiré, dont l'éloquente voix

Apprend au peuple entier ses devoirs et ses droits,

A des mots élevés, des mouvements sublimes ;

Il va sur les hauteurs, d'un bond franchit les cîmes ;

Il rit, il pleure, il tonne, il rugit à la fois,

Il frappe l'ennemi, l'entraîne avec la voix.

Le convaincre est son but, ses moyens l'éloquence ;

Ses raisons, sans éclat, n'auraient po'nt de puissance ;

Il doit couvrir ses mots de guirlandes de fleurs,

Parer la vérité, de voyantes couleurs.

Mais celui dont la fin est d'être populaire,

De donner à chacun un conseil salutaire,

Celui qui fait au peuple un cours d'instruction,

Et fait de la science une distraction,

4.

Doit quitter les sommets du Pinde et du Parnasse
Et descendre humblement sur le sol de la place ;
Il doit prendre la voix de l'humble et du petit,
Élaguer durement les fleurs de son récit.

Ainsi fait Timothée, il se fait humble, il trime,
Il prend la voix du peuple, et le peuple l'estime.
Sur les tombeaux fermés des héros, des guerriers,
Il sait verser des pleurs, apposer des lauriers ;
Il chante nos succès, acclame nos victoires,
Adore nos amours, applaudit à nos gloires.
Sa voix a de doux sons pour plaindre le maheur,
Consoler l'infortune et calmer la douleur ;
Elle vibre partout, à Paris, au village :
Le simple aime l'accord de son simple langage,
Et le docte, courbé sur un bouquin savant,
Se distrait un instant, le soir, en l'écoutant.
Ne croyez pas, lecteurs, ces fats de la chronique,
Dont l'envie a dicté la mordante critique ;
Leur esprit trop étroit fronde la vérité,
Qui n'a point le clinquant de la causticité ;

Mais leur éclat souvent n'est qu'un froid pédantism',

Et leurs prétentions un ignoble égoïsme ;

Ils jalousent l'auteur dont la naïveté

Et le grand cœur ont fait la popularité,

Celui dont le seul but est de plaire et d'instruire,

Qui veut charmer chacun sans blesser et sans nuire,

Tel est Timothée Trimm ; il laisse croasser

Les corbeaux envieux, prêts à le terrasser ;

Il attend le combat, de pied ferme, impassible,

Et ne se défend pas, se sachant invincible.

Malgré son air, pourtant, le bonhomme est malin,

Et s'il laisse aboyer le dogue et le carlin,

C'est qu'il n'ose lever sa griffe menaçante

De peur d'anéantir la plèbe glapissante.

ÉPILOGUE

Arrêtons-nous, lecteurs, je vais reprendre haleine
Et juger de l'effet que produit dans l'arène
Le Pégase rétif que j'enfourche à l'essai.
Je suis un écuyer bien novice, il est vrai ;
Le turf des auteurs n'a point dans ses mémoires
Enregistré pour moi d'éclatantes victoires.
Je commence, aujourd'hui, pour la première fois,
A montrer au public le timbre de ma voix.
Si ses premiers accents chatouillent vos oreilles,
J'emploierai désormais mes loisirs et mes veilles
A gratter les travers de ces pauvres humains
Qui, par choix ou hasard, tomberont dans mes mains.
Quelques-uns d'entre vous, peut-être, vont me dire :
Cultive la vertu et laisse la satire ;

Tous les sots bâtonnés entreront en courroux·

Et pourront retourner, sur toi, les mauvais coups.

Je le sais ; mais enfin, si le vice commence,

J'ai le droit de mêler l'attaque à la défense,

Et d'ouvrir au grand jour de la publicité

Le puits où se morfond la pauvre Vérité.

J'ai le droit de montrer dans son miroir fidèle

Le profil des méchants, leur masque et leur ficelle,

Celui qui s'y croira visible à tous les yeux,

Va crier comme un sourd, confondu, furieux.

Ce serait pour sa haine un bonheur indicible

S'il pouvait me pincer à mon endroit sensible.

Ah ! qu'il vienne, et, pour lui, j'ouvrirai les deux bras ;

La lutte est mon bonheur, j'adore les combats !...

TABLE